Allen gewidmet, die sich dafür engagieren, dass Menschen Lesen und Schreiben lernen.

Armin Hoenen, geb. 1981 ist Vater, Ehemann, ein gern-Reisender, Linguist mit Faible für fremde Sprachen und Schriften, Poliglott, Informatiker, Poetry Slammer, Laientheaterschauspieler und anderes mehr.

EINE GRIECHENLANDREISE

2 neue Mythen und Überlegungen zur Geschichte von Menschendarstellungen

IMPRESSUM

Verlag: BoD · Books on Demand GmbH, Überseering 33,
22297 Hamburg, bod@bod.de
Druck: Libri Plureos GmbH, Friedensallee 273,
22763 Hamburg

ISBN: 978-3-8192-7901-0

Inhaltsverzeichnis

Alle Abbildungen sind mit Künstlicher Intelligenz geschaffen worden. Hierbei kam das DALLE-Modell über chat-GPT zum Einsatz.

Einleitung

Dieses Büchlein präsentiert die Ergebnisse einer Griechenlandreise in zwei Teilen. Im ersten Teil finden Sie zwei Mythen, die ich mir in Anlehnung an die alten Mythen der Antike ausgedacht habe.

Im zweiten finden Sie Überlegungen zu einer Geschichte der Darstellungen von Menschen, die die Reise in mir inspiriert hat.

Ich wünsche viel Spaß beim Lesen!

προλεγόμενα - Prolegomena zu den Mythen

Nach einer unvergesslichen Reise nach Griechenland - meiner fünften in griechischsprachige Territorien - habe ich am Flughafen Athen für den Rückflug, inspiriert durch die vielen Nennungen der alten Mythen antiker griechischer Götter und Helden, ein Buch mit einer Nacherzählung von einigen dieser gekauft und sogleich mit den lesenden Augen verschlungen. Einige Elemente schienen wiederkehrend, wie die Erklärung von Naturphänomenen: Winter ist, wenn Persephone, die Tochter der Demeter ihren Platz als Königin der Unterwelt neben Hades einnimmt. Aber auch knappe, tragische Entscheidungen oder Zerreißproben wie die, die letztlich Orpheus sein Schicksal kostet waren eines der Elemente, welche ich mehr als nur einmal ausmachen konnte. Aber auch Parallelen zu anderen Geschichten der antiken Welt fielen auf, wie die frappierende Ähnlichkeit der Geschichte Pandoras mit der biblischen Vertreibung aus dem Paradis. So, wie Geschichtenerzähler - ich vermeide bewusst den Begriff Autor, der erst durch und mit der Schrift entsteht - viele Elemente miteinander teilten und austauschten, so wollte auch ich meine Erfahrungen, Gedanken, solides Halbwissen und Ideen in einer Geschichte wie dieser verarbeiten und mir durch meine eigene neue Mischung alter und widerkehrender Elemente selber aneignen. Und so habe ich mich nach meiner Rückkehr nach Italien, wo ich den Rest der Ferien mit meiner italienischen Frau und deutsch-italienischen Tochter verbringe, entschieden, selber einen Mythos zu verfassen. Hier ist das Ergebnis, ich hoffe, dass es dem geneigten Leser gefallen wird.

Göttliches Blut und Wasser

Teil1: Menschen

Die Rettung Fititriens durch Eleftheria

Einst begab es sich im alten Königreich Fititrien, dass Kratos geboren wurde, der Sohn des Königs Etinos, am Tage des Erntefestes zu Ehren der Göttin Demeter. Das Blut von Kratos Mutter Artisia war von göttlicher Abkunft. So erzählte man sich, dass ihre Großmutter Kinesia, die Urgroßmutter des Kratos eine von den vielen Liebschaften des Zeus gewesen war. Beim Waschen am Flusse Thimes unweit des Fußes des Olymp hatte der Göttervater sie getroffen als er gerade einen Spaziergang machte, um darüber nachzudenken, wie er seinen Bruder Poseidon am besten dazu bringen konnte, die Insel Delos vor Kreta nicht für immer in den Fluten untergehen zu lassen. Die Insel gefiel Zeus überaus gut, unter anderem weil Hera sie nicht zu beachten schien und gleichzeitig ein paar überaus schöne Musen auf ihr vor der Welt zurückgezogen lebten. Eine dieser Musen, Ginania, konnte so behend an den Küsten entlangtänzeln, dass der Göttervater fasziniert ihre Bewegungen beobachtete. Als Zeus dann beim Spazieren Kinesia sah, vielleicht hatte er gerade an Ginania gedacht, da verwandelte er sich in einen starken jungen Mann, der Kinesia so lange seine Hilfe beim Wassertragen anbot und sie umwarb, ihr schliesslich nach Hause folgte, bis sie sich ihm hingab.
Und aus dieser Verbindung war die Großmutter von Kratos, Eleftheria, hervorgegangen, die im ganzen Land für ihre Standhaftigkeit bekannt geworden war nachdem die Lykier das Land belagert hatten. Nach 10 Tagen und 10 Nächten waren in der Stadt Akinos, in der sie lebten fast alle Vorräte zur Neige gegangen und nur eine kleine Quelle und die Schatten des Abends halfen den Bewohnern noch zu überleben. Arkos, der damalige König wollte bereits den Lykiern die Stadttore öffnen, aber Eleftheria überzeugte ihn und die Bewohner standhaft zu bleiben.

"Bleibt standhaft und öffnet diesen Lykiern nicht die Pforten, egal, was sie euch versprechen. Wenn die Pforten erst einmal offen sind, werden sie sich an keine Versprechungen mehr erinnern, so haben sie es auch schon in Iolkos getan und in Istmos. Bleibt standhaft und ich werde die Lykier heute Nacht vertreiben." hatte sie gesagt. Arkos wußte zwar, dass Eleftheria überaus stark war und was man sich über ihren Vater erzählte, aber eine ganze Armee allein in die Flucht zu schlagen, traute der König auch einer so starken Frau wie Eleftheria nicht ohne Weiteres zu. Erst nachdem auch seine Söhne, die Eleftheria als sie Kinder waren viele Dinge gelehrt hatte, ihn ebenfalls baten, willigte er unter Schmerzen ein. Der Bote der Lykier tauchte kurze Zeit später am Stadttor auf und rief "Fititrier, gebt auf und öffnet eure Tore, ihr könnt unserer Armee nicht länger standhalten. Unser König wird gnädig sein und alle Besitztümer und Tempel verschonen, wenn ihr ihm nur eure Schätze gebt und seine Armee bewirtet." König Arkos, der selber nicht sicher war, ob es klug war, dieses Angebot abzulehnen, ließ dennoch eine seiner Torwachen einen Pfeil knapp am Ohr des Lykiers vorbeischießen. Dieser hatte die Botschaft verstanden und kehrte umgehend zum Lager zurück. Am selben Abend aber rief Eleftheria ihre Hausdienerinnen zu sich und ließ sich von ihnen feinen gräulichen Matsch in die Haare und aufs Gesicht massieren und dann trocknen, alte halb zerschlissene Gewänder bringen und zog sie an, so dass sie wie ein altes Weib wirkte, das die besten Tage schon gesehen hat. Schließlich ließ sie sich eine Flasche einer Kräutertinktur bringen, die mit lokalen Heilkräutern im Asklepiostempel gebraut und den Bewohnern bei Krankheiten verabreicht wurde. Diese Medizin schmeckte scheußlich, linderte aber viele Beschwerden.

"Verdünnt die Tinktur, gerade so sehr, dass man noch seine grüne Farbe erkennt und seinen bitteren Geschmack schmeckt und füllt sie in eine Trinkflasche. Gebt dazu etwas von den giftigen Abwässern der Schmiede." Die Dienerinnen taten wie es ihnen geheißen war und Eleftheria steckte sich die Flasche an ihren Gürtel.
"Wenn ich bei Morgengrauen nicht zurückgekehrt bin..." sprach sie zu den Dienerinnen, "...dann müsst ihr mit dem König aus der Stadt fliehen, durch die verborgene Höhle am nördlichen Stadttor, bevor die Lykier die Stadt einnehmen." Sorgenvoll nickten die Dienerinnen und sahen Eleftheria langsam Richtung Westtor davonschleichen. Es waren die späten Abendstunden und da die Lykier sich auf das Haupttor im Süden konzentrierten, gelang es Eleftheria in einem unbemerkten Moment den Blicken der noch jungen und unerfahrenen Lykier, die das Westtor bewachen sollten, zu entgehen und auf einen steinigen Hirtenpfad zu huschen. Diesem Pfad, den sie seit ihrer Kindheit kannte und auf dem auch Zeus gewandelt war bevor er ihre Mutter Kinesia getroffen hatte, folgte Eleftheria und betete zum Göttervater, er möge ihr beistehen. Ohne zu viel Aufmerksamkeit von Hera zu erregen, erhörte Zeus Eleftheria und erschien am Pfad in Form eines Adlers. Eleftheria blieb stehen. Der Adler wetze vor ihr seine Klauen an einem Stein so lange, bis eine abbrach und Zeus selbst einen grellen Schrei ausstieß. Der Adlerschrei durchdrang jede Faser in Eleftherias angespanntem Körper. Da wußte Eleftheria, dass sie ihrem Vater begegnet war und er ihre Gebete erhört hatte. Zeus, nochimmer in Adlerform nahm die abgebrochene Kralle mit seinem Schnabel auf und flog auf Eleftheria zu, die instinktiv ihren Arm ausstreckte, wo er landete und die Kralle in ihre andere Hand fallen liess. Sie strich dem Adler sanft über den Kopf bevor dieser sich in die

Lüfte erhob und davonflog. "Danke Vater!" sprach sie verbarg die Adlerklaue tief in den Taschen ihres Gewandes. Von neuem Mut erfüllt ging sie weiter bis sie zur Quelle des Thimes kam, dem einzigen Ort, wo man in dieser Gegend außerhalb der Stadt Wasser holen konnte. Und wie sie erwartet hatte, standen lykische Wachen in einiger Entfernung auf einem nahen Hügel und beobachteten die Quelle. Eleftheria tat nun so als schleiche sie sich an die Quelle heran und tat dann so, als befülle sie ihre Trinkflasche. Die lykischen Wachen aber hatten sie schon lange entdeckt und kamen nun auf sie zu, einer mit einem gespannten Bogen auf sie zielend, der andere mit gezogenem Schwerte. "Steh!" befahl der junge Mann mit fester Stimme. "Du kommst mit uns." und sie fesselten ihre Arme hinter ihrem Rücken, nahmen ihr die Flasche weg und führten sie geradewegs ins Lager der Lykier. Als der lykische König, der schon geschlafen hatte geweckt wurde, da war er nicht besonders erfreut. Auch die Vorräte der Lykier neigten sich nämlich ihrem Ende zu und eigentlich hatten sie schon viel tiefer im Land und nahe ihrem eigentlichem Ziel - den Schatzhäusern der reichen Stadt Argos - sein wollen.

"Was ist" fragte er harsch und kurz. "Wir haben diese Alte bei der Quelle aufgegriffen, sie hat ihre Wasserflasche gefüllt." Da begann der König der Lykier laut zu lachen. "Alte, was füllst Du diese lächerliche Flasche, glaubst Du ein Tropfen kann jeden durstigen Mund vor dem Austrocknen, jede trockene Lippe vor dem Zerplatzen retten? Glaubtest Du, so könntest Du Deinem Volke noch einen Tag erkaufen? Du solltest in deinem Alter weiser sein." Eleftheria aber antwortete listig "Oh König der verhassten Lykier, die ihr ungerecht und ohne Grund in unser schönes, unschuldiges Land eingedrungen seid. Ihr irrt euch. Seht mich an, meine Tage sind gezählt und ich möchte in meinen letzten Tagen nicht erleben, wie Fremde meine schöne

Stadt zerstören. Also bin ich zur verwunschenen Quelle gegangen und habe für mich und die anderen, die euren Schwertern zu entgehen suchen, das vergiftete Wasser des Thimes holen wollen, bevor es weiter unten im Tal durch die Wasserfälle und Flusswiesen gesäubert wird. Lasst es mich trinken, ich flehe euch an. Dass meine geliebte Stadt verwüstet wird, kann ich nicht mehr ertragen."
"Was sagst Du da?" erwiderte der König, dessen Wasservorräte ebenfalls langsam zu Neige gingen. "Kurtos, trink einen Schluck dieses Wassers." Ein hagerer, offensichtlich kriegsgefangener Diener wurde von den anderen Wachen hervorgestoßen und begann die Flasche zu trinken. Nach dem ersten Schluck spuckte und keuchte er, so ungeniessbar schmeckte das Wasser. "Trink, habe ich gesagt." und zwei weitere Wachen kamen und flössten dem armen Mann einen großen Schluck des Wassers ein und hielten seinen Mund geschlossen. Nach kurzer Zeit begann es in seinem Magen zu rumoren und er begann zu würgen, auf seiner Haut aber erschienen rote Flecken. Eleftheria wußte, diese Flecken waren ein Nebeneffekt der Tinktur und würden bald wieder verschwinden, die Übelkeit aber rührte von den giftigen Abwässern der Schmiede her und nach weniger als 3 Minuten musste sich Kurtos heftig übergeben und sank zu Boden und in sich zusammen. Der König der Lykier aber stand mit offenem Munde da und befahl "kümmert euch um Kurtos, schnell, die Alte aber bindet ihr an einen Pfahl in der Mitte eines Zeltes und lasst sie dort." Dann wandte er sich direkt zu ihr. "Ich werde gnädig sein und Dir den Tod gewähren, wie Du es verlangst Alte. Mehr noch, Du musst nicht mitansehen, wie wir Deine Stadt einnehmen, sondern es nur hören während es langsam zu Ende geht, Alte, und kannst dann nocheinmal über die Gnade der Lykier nachdenken." Dann wandte er sich von ihr ab und

sprach während sie abgeführt wurde leise zu seinen Hauptmännern. "Brecht die Zelte ab, wir ziehen weiter nach Argos, das Zelt in dem ihr die Alte fesselt lasst ihr als einziges stehen. Beim Morgengrauen soll alles bereit sein. Wir ziehen am Fluss entlang herunter zu den Wiesen und Wasserfällen, füllen unsere Vorräte erst dort auf und marschieren weiter."

Eleftheria aber wurde in ein dunkles Zelt gebracht in dessen Mitte ein hölzerner Pfahl stand. An diesen wurde sie von den Wachen mit festen Seilen gefesselt. Dies waren nicht irgendwelche Seile, sondern die Seile aus dem Schatze von Iolkos, die mit den Haaren des Schweifs von Pegasus geflochten und somit fast unmöglich zu zertrennen waren. Kein normaler Sterblicher hätte sich je aus diesen Seilen befreien können. Nachdem die Wachen gegangen waren, wartete Eleftheria noch ein paar Momente ab und holte dann mit einer Hand die Adlerklaue aus der Gewandtasche heraus und schlitzte die Seile auf, die sie fesselten. Schliesslich war sie die Tochter des Zeus und dies war kein gewöhnlicher Dolch, sondern die Adlerklaue vom Göttervater selbst. Dann schlich sie von der Geschäftigkeit des Aufbruchs und den Schatten der Nacht gedeckt aus dem Zelt heraus und huschte hinter Steinen und Büschen Richtung ihrer Stadt. Als sie das Lager fast schon hinter sich gelassen hatte, da bemerkte sie einen fast reglosen Körper neben den Müllbergen der lykischen Truppen achtlos liegen. Dies war Kurtos. Eleftheria ging zu ihm und fühlte, ob sein Herz noch schlug, sein Atem noch war. Sie spürte, dass er noch lebte und packte ihn und trug ihn, immernoch leise und vorsichtig schleichend bis in ihre Stadt. Schließlich war sie eine Tochter des Zeus. Am Westtor angekommen, klopfte sie und ließ die Wachen ihre Stimme hören, die sie sofort erkannten und das Tor öffneten. Sie kam herein und übergab

Kurtos den Heilerinnen des Asklepiostempels bevor sie zum König geführt wurde.
Der König der Lykier sah am Morgen als seine Truppe sich gerade in Bewegung gesetzt hatte, wie einer seiner Soldaten aus dem Thimos trank, der dort noch nicht mehr als ein Rinnsal war. Zuerst wollte er ihn abhalten, dann aber dachte er er habe genug Soldaten, auf einen mehr oder weniger kam es nicht an. Und da er ein böses Herz hatte, sah er zu wie der Soldat reagierte. Aber es geschah nichts, der junge Mann war weiterhin wohlauf. Als er das sah, da kam dem König ein Gedanke, nämlich, dass er überlistet worden war. Er ritt noch einmal zurück zum immernoch nahen Lagerplatz und dem Zelt, wo Eleftheria angebunden sein sollte. Er öffnete es und wurde seiner Überlistung gewahr. Eleftheria aber und der König der Fititrier schauten in diesem Moment herunter und sahen ihn und die abziehenden Truppen. Die Blicke Eleftherias und des Königs der Lykier trafen sich und ihrer triumphierte, denn es war zu spät für die Lykier umzukehren. Wildwütend wandte sich der König der Lykier ab und ritt zurück zu seiner Armee und in Richtung Argos.
Wieder zurück in der Halle des Königs der Fititrier, sagte dieser "Wir stehen für immer in deiner Schuld Eleftheria, die Lykier brechen auf und verlassen uns. Du bist fürwahr die Tochter des Zeus. Was wünschst Du, das ich Dir geben kann." fragte glücklich der König. "Lass mich den lykischen Gefangenen gesundpflegen, gib ihm ein Haus und mache ihn zu einem von uns, wenn er das möchte. Dies soll mein Lohn sein." antwortete die stolze Eleftheria. Denn sie hatte Mitleid mit dem Gefangenen gefühlt, als er ihr giftiges Wasser hatte trinken müssen. Auch gefielen ihr seine Züge und es dauerte nicht lange, da war der Mann wieder wohlauf und erstarkt. Es handelte sich um niemand geringeren als den Bruder des

Königs von Iolkos. Und auch er mochte Eleftheria und so dauerte es nicht lange bis sie heirateten und aus dieser Verbindung ging Kratos Mutter Artisia hervor.

TEIL 2: Götter

Kratos, der Urenkel des Zeus

Am Tag als Kratos geboren wurde, herrschte herrliches Wetter. Alle waren in Vorbereitung des alljährlichen Festes zu Ehren Demeters. Geschäftiges Treiben herrschte und Menschen kamen von überall her, aus den Hügeln und Bergen des Umlands und sogar aus der breiten nahen Küstenebene. An dieser hatte sich Demeter selbst mit Poseidon getroffen und ihn gebeten regelmäßig Wasser in die Küstengebiete zu spülen, damit die Ernten noch üppiger und die Früchte noch größer würden. Und Poseidon hatte einen Küstenstreifen zu fruchtbarem Sumpfland regelmäßig überschwemmt, da wo der Thimos ins Meer floss. Im Gegenzug musste ihm Demeter versprechen, dass er Teile des Landes für immer dem Ozean einverleiben konnte. Demeter willigte ein und versprach ihm die Insel Delos.
Die Menschen feierten und opferten Demeter allerlei Speisen und Dinge, dank der fruchtbaren Küstenlande waren die Erträge größer als jemals zuvor. Die Göttin war hocherfreut. Da bemerkte sie im Königshause ein noch größeres Fest. Sie näherte sich und erfuhr bald, dass dies kein Erntefest, sondern ein Fest zu Ehren der Geburt eines Kindes war und das erzürnte sie, da kein Fest an diesem Tag größer als ihr eigenes sein sollte. Aus Zorn führte sie alle Katzen der Gegend fort, so dass die Mäuse in den nächsten Tagen überhand nahmen und alles Korn für den Winter bald aufgefressen hatten. Den jungen Kratos aber verwünschte sie, auf dass er eines Tages von den Ranken einer Sumpfpflanze umschlungen werden und untergehen sollte. Viel Zeit verging, die Ernten normalisierten sich und der Junge wuchs zu einem Mann heran und war einer der stärksten und wendigsten jungen Männer des Königreichs. Als er eines Tages an den Hängen des Olymp wanderte, da zeigte sich ihm Zeus, sein Urgroßvater. Dieser hatte sehr lange schon den Wunsch gehegt, die Musen auf der Insel Delos zu

besuchen, war aber nie dazu gekommen und da Poseidon jedes Jahr einen Teil der Küste für immer überflutete und so seine Abmachung mit Demeter einforderte, die im Gegenzug fruchtbares Land an der Küste erhalten hatte, waren die Musen drauf und dran, die Insel zu verlassen bevor sie ganz im Meer versänke. Dies aber hätte dem Göttervater sehr misfallen. "Weisst Du wer ich bin" fragte der Göttervater und Kratos erkannte ihn sogleich. "Ist es wahr, dass du mein eigener Urgroßvater bist?" fragte er direkt. "Ja, Kind." erwiderte Zeus. "Du musst etwas für mich tun, und ich werde dich reich belohnen. Du musst für mich zur Insel Delos bei Kreta reisen und die Muse Ginania suchen. Sie tanzt auf den gekräuselten Wellen am Rand des Landes entlang. Sage ihr, dass sie mit Poseidon sprechen muss, dass er die Insel Delos verschonen soll, damit er nicht sie und ihre Schwestern verschlingt. Sag ihr nicht, dass ich dich schicke. Und Du begebe dich in die Hütte im Herzen der Insel und richte einen Schrein für den Meeresgott ein. Schlafe dort drei Nächte und opfere diese Flasche mit Sand und Erde. Sage der Muse, sie soll Poseidon von einem Manne erzählen, der auf der Insel Domizil bezogen hat." Kratos nickte und Zeus gab ihm die Flasche, sowie einen goldenen Dolch. "Mit dem Dolch kannst du Dich verteidigen, er gehörte einst dem Titanen Atilus und bringt die stärksten Materialien zum Bersten. Fürchte Dich nicht, ich werde über dich wachen." Kratos kehrte in die Stadt zurück und ohne mit seinen Freunden oder seiner Familie zu sprechen, brach er am nächsten Tag heimlich auf. Nach einer Schiffsreise erreichte er schließlich die Insel Delos und es dauerte nicht lange, da hatte er Ginania gefunden, wie sie grazil auf dem weißen Schaum der anbrandenden Wellen und an den Felsen der Küste entlangtänzelte. An einer Biegung wartete er und breitete seine Arme aus, um Ginania anzuhalten, sie aber entwich seinem

Arm und blieb vor dem Jüngling stehen. "Sprich, wer wagt es meinen Tanz zwischen Land und Meer zu stören." "Mein Name ist Kratos aus Fititrien. Diese Insel versinkt jedes Jahr mehr im Meer." Als die Muse dies hörte wurden die Züge auf ihrem Gesicht traurig. Aber sie bemerkte etwas an dem Jüngling, was ihr wie etwas Göttliches erschien. "Das weiss ich, aber es ist das Schicksal der Götter, wenn Du nicht von göttlicher Herkunft bist, was kannst Du daran schon ändern?" Kratos, dem Zeus geheißen hatte, nicht zu erwähnen, dass er ihn geschickt hatte, war jung und sein Geist war von den Worten der Muse ergriffen. *Wenn ich erzähle, dass ich ein Urenkel des Zeus bin, dann glaubt sie mir mehr und dann habe ich nicht gesagt, dass dieser mich schickt,* dachte er leichtsinnig und ohne zu wissen, dass Ginania lange schon Zeus Blicke bei der letzten Begegnung bemerkt hatte. "Du solltest mit Poseidon reden, die Götter ändern ab und an den Lauf der Welt. Bitte ihn doch wenigstens einen Teil der Insel zu verschonen und ich, ich werde in die Hütte im Herzen der Insel ziehen und einen Schrein für ihn einrichten und zu ihm beten. Sage es ihm. Und Du hast richtig gesehen, ich bin ein Urenkel des Zeus." sprach der junge Mann. "Du bist ein Narr, wenn Du denkst, dass die Götter sich so einfach von ihren Taten abbringen lassen, Urenkel des Zeus. Eine Abmachung mit Demeter muss Poseidon ehren. Darum geht unsere Insel langsam unter. Aber ich werde tun, was du verlangst, sofern das nicht eine List deines Urgroßvaters ist, mir nachzustellen." Kratos war von diesen letzten Worten sehr überrascht und wußte nicht zu antworten. Ginania warf ihm einen abschätzigen letzten Blick zu und tanzte weiter entlang der Küstenlinie, hin zu dem Punkt, wo das Meer jedes Jahr mehr von der Insel verschlang. Kratos aber zog in die Hütte und tat, wie ihm aufgetragen worden war. Und dies geschah zur gleichen Zeit, dass Ginania mit Poseidon

redete. Dieser, der gleichfalls von den grazilen Tänzen der Muse entzückt war antwortete ihr, dass er versuchen würde mit Demeter zu sprechen, schliesslich gäbe es nun auch einen Menschen und einen Tempel auf der Insel. Poseidon verschwand wieder im Meer. Er überlegte, was er von Demeter anderes verlangen könne.
Nach drei Tagen brach Kratos nach Hause auf. Als der Jüngling ins Wasser stieg, um ein kurzes Stück zu schwimmen, bemerkte Poseidon, der seine Ohren noch immer auf Delos gerichtet hatte, dass er betrogen worden war und richtete seinen Dreizack auf Sumpfpflanzen am Rande der Insel Delos, wo Kratos gerade schwimmend einen Fluss überquerte um zur Bootsanlegestelle zu kommen. Die Pflanzen umschlangen seine Beine und je mehr er versuchte, sich herauszuwinden, umso fester wurde ihr Griff. Zeus, der ebenfalls alles beobachtete, bemerkte, dass Kratos in Gefahr war und auch Demeter, dass ihr Fluch endlich auf dem Jüngling wirkte. Aber sie hatte nun Mitleid, war nur zu weit von der Stelle entfernt. Kurz bevor er ertrank, erinnerte sich Kratos an den goldenen Dolch, zog ihn hervor und schnitt die Pflanzenranken entzwei und rettete sich keuchend ans Ufer. Poseidon und Demeter, deren Schaffen beiden Einhalt geboten worden war, eilten nach Delos und dies tat auch Zeus, der wußte, dass wenn er es nicht tun würde, dies für Kratos böse ausgehen konnte. Demeter und Poseidon aber waren nicht überrascht ihren Bruder, den Göttervater auf Delos anzutreffen. Demeter hatte es von den Musen der Insel vor langer Zeit erfahren, dass er ein Interesse an Ginania hatte und genau deswegen bei ihrer Abmachung mit Poseidon diese Insel gewählt, so dass sie sie vor seinem Blick verbergen können würde. Poseidon aber hatte von Ginania erfahren, dass Kratos Zeus Urenkel war. Und so hatten die beiden Götter bereits einen Plan, den sie nun mit Zeus besprachen. "Wir werden

deinen Urenkel verschonen und einen Teil der Insel Delos bestehen lassen, aber Du sollst Dich ihr nicht wieder nähern, es sei denn das Schicksal erfordert es."
Zeus willigte kleinlaut ein. "Noch eines, Demeter und ich haben eine neue Abmachung getroffen. Jeden Tag nehme ich einen Teil des Festlandes ein und jeden Abend gebe ich es zurück. Hier und da aber werde ich neues Land versinken lassen und hier und da werde ich den Meeresboden heben und neues Land erschaffen. So bleiben die Küsten reich, werden überschwemmt und erhöhen die Ernten. Die Küsten bleiben für immer in Bewegung und Ginania hat immer neue Linien, an denen sie entlangtänzeln kann. Denn Delos ist für ihre Kunst schon lang zu klein und ihr Herz sehnt sich nach neuen Ufern."
Und seitdem gibt es die Gezeiten und seitdem ändern sich die Küstenlinien, manchmal stark und manchmal nur unmerklich und Ginania hat die Insel Delos lange verlassen und kehrt nur manchmal zu ihr zurück, um ihre Kinderstube zu besuchen und ihre Schwestern. Dann tanzt sie zu Ehren Demeters und Poseidons. Danach bricht sie wieder auf und tanzt an den Küsten der Welt entlang mit immer neuen grazilen Bewegungen und Schritten, nie lange genug an einem Ort, dass Zeus sie finden könnte. Man hört gelegentlich das Säuseln ihrer eleganten Bewegungen als leichte Abweichungen von den ansonsten gleichförmigen Tönen der Wellen und Küstenwinde.

επίλογος - Epilog

Viele der Namen mögen Experten sehr ungriechisch scheinen und andere Elemente mehr mögen offenbaren, dass ich alles andere als ein Experte griechischer Mythologie bin, aber wenn dem geneigten Leser auch nur einen Moment das selbe Gefühl beschlichen hat, wie bei der Lektüre echter Stoffe, dann habe ich mein Ziel erreicht: Geschichtenkanons sind für immer offen, in der Digitalität mehr denn je.

Dr. Armin Hoenen
https://arminhoenen.com

Überlegungen zu einer Geschichte der Menschendarstellungen

Nun werde ich noch einmal erzählen, wie es überhaupt zu dieser Reise kam. Eine weitere wunderbare, unvergessliche Reise ins östliche Mittelmeer, das ich immer wieder in unregelmäßigen Abständen, besuche: Ich war in vielen Ländern Europas mit einem festen Ausgangspunkt in Deutschland und einem weiteren in Norditalien – dank meiner Frau und meiner Tochter.

Ich bin ein Sommer-Enthusiast, und im Sommer 2024, ganz spontan und in letzter Minute, nachdem sich die Flugpreise nach Japan, meiner Wahlheimat im Jahr 2005, kurzfristig als zu hoch erwiesen hatten, entschieden wir uns für eine Reise nach Griechenland.

Doch Griechenland ist nicht klein und lässt sich nicht auf einmal erfassen. Auf der Suche nach neuen Orten dachte ich: Wo war ich schon und was habe ich noch nicht gesehen:

- Kreta, Santorini, Ios, Mykonos: eine Reise in meinen frühen Zwanzigern ins Unbekannte, zu einem Ort mit fremdem Alphabet – unvergesslich und eine der besten Reisen meines Lebens.

- Samos: anstelle eines Kollegen, der gerade in Eltenzeit ging, durfte ich sein Paper bei der CICLING präsentieren – diese Reise führte mich auch nach Ephesos und Patmos.

- Paphos und Lefkosia, die zwar auf Zypern liegen, aber wo Griechisch gesprochen wird – für mich ist der kulturelle Raum durch Sprache und Geschichte untrennbar.
- Korfu inkl. einer Bootstour, die auf dem Festland und bei Paxos sowie vor Antipaxos Halt machte – was für ein wunderschönes Meer.
- Angrenzende Länder und Kulturen: auch Albanien und Bulgarien, sowie die Türkei habe ich schon besucht. Gerade von manchen Küstenstädten der Türkei gibt es durchaus Verbindungen nach Griechenland.

Und meine Frau hatte auch schon einiges gesehen. Generell ist in der italienischen Kultur das Echo der Bewunderung für die alten Griechen durch die alten Römer noch teilweise spürbar. Nicht nur ist die italienische, wie viele romanische Sprachen ein klein wenig durchsetzter mit Gräzismen, auch ist im Bildungssystem der Stellenwert der Geometrie etwas höher bzw. die wird anders unterrichtet. Natürlich muss man vorsichtig sein, nicht den Effekten des sog. *confirmation bias* anheim zu fallen, desjenigen Effektes, der besagt, dass man das, was seine eigene Meinung am ehesten bestätigt einem am ehesten glaubwürdig erscheint.

Nun, nach dem Nachdenken über ein mögliches neues Reiseziel in Griechenland unter Ausschluss der Gebiete, die ich schon besucht hatte, dachte ich: Rhodos muss schön sein, vielleicht mit einem kurzen Abstecher zur türkischen Küste und nach Pamukkale. Aber dann hatte sie DIE Idee: der

Peloponnes. Ich war sofort begeistert – sämtliche Mühe floss in die Hotelsuche, Mietwagen und Routenplanung, und am Ende kamen wir auf denselben Betrag wie bei einem Pauschalpaket (Hotel + Flug) nach Rhodos. Nur mit viel aufregenderen Namen und Orten (sorry Rhodos, vielleicht beim nächsten Mal – und vielleicht habe ich danach auch eine bessere Meinung von dir): Athen, die Akropolis, Mykene, Epidauros, Olympia, Korinth. Und in einem wilden Hin und Her in einem echten Sommer zwischen antiken Stätten, Museen und wunderschönen Stränden erlebten wir einen Urlaub, der unübertroffen bleiben wird. Noch nie habe ich solche Wunder der Antike in verdaulichen Portionen gesehen, eingehüllt in ein modernes und byzantinisches Kostüm von Bräuchen, begleitet von den Zutaten eines jeden entspannenden Sommerurlaubs: traumhafte Strände mit kristallklarem Wasser, Restaurants mit köstlichem Essen und Getränken, Einkaufsmöglichkeiten.

Aber was nimmt man intellektuell mit? Gibt es da etwas? Haben wir die griechische und römische Geschichte nicht schon so gründlich studiert – vielleicht sogar zu gründlich auf Kosten unseres Wissens über das alte China oder Indien, ganz zu schweigen von Persien und dem Nahen Osten? Schlimmer noch, meiner Ansicht nach: Wenn der Mensch als Spezies 200.000 Jahre alt ist, dann hat uns doch niemand jemals die Geschichten über unsere jahrtausendelangen Begegnungen mit anderen Primatenarten erschöpfend erzählt: Neandertaler, Denisova-Menschen, aber auch viele andere wie der Flores-Mensch usw. – denn damals hat niemand geschrieben, und Details verschwinden durch mündliche Überlieferung. So überrepräsentiert unser modernes Geschichtsverständnis ungewollt das Zeitalter der Schrift derart, dass in unserem kollektiven Gedächtnis die früheren Phasen zu einer Art Steinzeit-Jäger-und-Sammler-Einheits-Dasein verschwimmen, bei dem wir kaum wissen, wie dieses Leben wirklich war, welches Wissen und welche Strukturen es erforderte, welche Phasen und Ereignisse prägend waren. Und doch ist es natürlich so, dass diese Zeiten alle viel selbstähnlicher gewesen sein müssen, denn erst mit der Schrift und nach der neolithischen Revolution beschleunigten sich Erfindungen und Entwicklungen beispiellos. Von diesem Standpunkt aus können wir auch jene komplexeren antiken Gesellschaften wie Persien, Griechenland, Rom, Ägypten betrachten. Die Zeit seit der wir Schrift haben ist sicherlich in diesem Sinne insgesamt etwas überrepräsentiert.

Und zurück zur Anfangsfrage: Kann man an solchen Orten heute noch etwas Neues lernen – oder geht es nur darum, Dinge mit eigenen Augen zu sehen, anstatt sie durch den Schleier der in der Zeit eingefrorenen Fotografie, durch die oft auf das reine Schöne fokussierten Filme oder durch das unbekannte Land der VR zu erkunden?

Ja, das kann man. Zumindest mein nie ruhender Geist spinnt eine Geschichte aus dem Gesehenen – vielleicht, um es als Teil meines Weltwissens zu verankern. Und diese Geschichte dreht sich diesmal um die Geschichte der Skulptur. Ein Schlüsselmoment war, als mich ein riesiger Kopf des Zeus im Archäologischen Museum von Athen anblickte. Wie manche ägyptischen Köpfe und Statuen war dieser so menschlich, dass allein seine Größe beeindruckte. Wie konnte man nicht an göttliche Wesen glauben, wenn man ständig von solchen Statuen umgeben war – aber einige davon zeigten echte Menschen. Wie sollte da nicht die Motivation der Vorstellung des/eines Anderen im eigenen Geist verstärkt werden. Die Fähigkeit, sich andere vorzustellen, so glaube ich, ist damit verbunden, aber auch das Bedürfnis, zu lieben und zu sorgen, sei es für die Gruppe, den Nachwuchs oder andere, denn wir stellen uns doch am ehesten die vor, die uns interessieren.

Die Statue beobachtet uns, so scheint es, wirklich. So wie wir uns manchmal fragen, was wohl eine bestimmte Person davon halten würde, wenn wir eine bestimmte Handlung vollführen, im Hier und Jetzt. Was wenn sie neben uns stehen würde, vielleicht die Person, die wir lieben, vielleicht unsere Eltern, vielleicht unsere Kinder oder lobhungrig und machtsüchtig wie wir nunmal manchmal sind, unsere Vorgesetzten oder andere. Tja, und dann ist der Schritt, stattdessen eine ewig nur theoretisch vorhandene Person vorzustellen nur noch kurz...[1]

Zurück ins antike Griechenland. Götterstatuen sind hier bekannt und durch einen Kanon von Geschichten miteinander

---

1 Z.B. einen Gott, aber die Idee des Monotheismus und dessen Aufkommen sind maßgeblich durch die Schrift beeinflusst. Das ist eine andere Geschichte. Vielleicht sind sogar die nicht-Darstellungsgebote für Gott (Götter) aus manchen Religionen direkte Gegenreaktionen auf die jahrtausendelange Darstellungsorgie göttlicher Wesen als Skulpturen im fruchtbaren Halbmond, ein radikaler Bruch mit einer Phase des Kennenlernens der Effekte der Bildhauerei. Vielleicht ist der Geist sogar freier, so ein Wesen zu imaginieren, wenn nicht durch die Manifestation als Skulpturen durch andere schon in eine Richtung gedrängt?

verbunden in denen tatsächliche Menschen mit Göttern verschmelzen, sodass jede Abgrenzung zwischen Geschichte und Realität aufgehoben wird. Und da ist er: Ich erinnere mich an das Gesicht der letzten Zeus-Statue, die ich gesehen habe, wenn ich eine seiner Geschichten höre, und ich denke an die letzte Geschichte, wenn ich den nächsten seiner Tempel betrete und ihn dort aus Stein sehe.

Und dann erzählen manche dieser Geschichten auch von Menschen, die sich auf magische Weise in Stein verwandelt haben. Doch wie Goethes Geschichte von Pygmalion zeigt, steckt auch etwas Unheimliches im kalten, toten Stein – die Geschichten sind als das zu nehmen, was sie sind: Geschichten. Und trotzdem schafft es nicht jeder, sich nicht von den kalten, bewegungslosen, vielleicht riesenhaften Abbildern erschrecken zu lassen – was, wenn sie real wären? Und der Stein sich – im Gegensatz zum Effekt, den der Blick der Medusa hat – in atmendes, pochendes Fleisch verwandeln würde? Allein die Gedanken von der Umwandelbarkeit Fleisch zu Stein und umgekehrt, zeigen, dass eine Beschäftigung damit existiert haben muss, dass diese Frage Menschen der Antike, die viel öfter als wir, viel strukturierter mit Statuen konfrontiert waren, beschäftigt hat. Und wenn wir den Gedanken dann weiterführen, dann erkennen wir, sie hat dies beschäftigt, weil sie die Statuen als mehr als blossen Stein wahrgenommen haben und in ihre Empfindungswelt eingebaut haben. Aber woher kamen all diese Statuen, der Kanon an mit ihnen verbundenen Geschichten? Was also ist die Geschichte der Skulptur? Ich suchte ein Buch darüber – ähnlich wie das wegweisende „How writing came about“, das die größte Erfindung des Menschen erklärt. Ich fand nur wenige und kein umfassendes. Eines davon beklagt selbst, dass eine vergleichende Geschichte der Skultptur, die weltweit und ganzgeschichtlich ist, noch fehlt. Wenn Sie ein junger Mensch sind, der eine Doktorarbeit schreiben möchte, hier ist ein mögliches Thema, noch unentdecktes Land.

Die neolithischen Menschen hatten Skulpturen – hauptsächlich kleine dicke nackte Frauen mit sichtbaren Geschlechtsmerkmalen, bei denen ich ob deren Häufigkeit und unseres Wissens über vergangene Schönheitsideale fast zwangsläufig an die Theorie denke, dass dies Steinzeit-Pornografie war. Vielleicht ist Pornographie in unserem digitalen Zeitalter mit tausendfachen Kopien zu präsent und blendet mich dahin, eine solche These aufzustellen – vielleicht waren das wirklich Kultobjekte oder Verehrungssymbole. Alles musste jedenfalls in jener Zeit transportabel sein, große Statuen wären unpraktisch, um nicht zu sagen unmöglich, gewesen. Erst nach der neolithischen Revolution entstanden Kultstätten, und es begann ein Zeitalter des Bauens – höher, größer, weiter – das wir bis heute nicht beendet haben mit unseren Wolkenkratzer-Wettbewerben und kilometerlangen Linienstädten weiterführen. Aber was Skulpturen betrifft: Die Moai, die riesigen Ramses-Statuen, kleinere und größere Figuren in Angkor Wat, Bodhisattvas und allerlei andere – magisch verstärkt durch Tierteile oder zusätzliche Körperteile, nackt oder bekleidet, mit oder ohne politisches Kalkül, all diese Statuen entwickelten sich nach der Sesshaftwerdung. Der

Mensch kann seine Umwelt formen und hatte hier etwas, das in ihm emotionale Effekte auslöste. Er experimentierte damit, genau wie mit der Architektur, wo alles zuerst immer monumentaler zu werden schien.

Wir kennen Skulpturen, die kleiner, gleich groß oder größer als Menschen sind. Erst klein, dann immer größer – eine berühmte Zeus-Statue in Olympia gehörte zu den sieben Weltwundern der Antike. Genau wie die neolithische Revolution im fruchtbaren Halbmond und darum herum begann, muss auch monumentale Skulptur dort ihren Ursprung haben – also in der Gegend um Ägypten, das antike Israel, Sumer, Persien, Griechenland und später Rom. Mit den Gebäuden wurden auch die Statuen größer und beeindruckender. Kultstatuen, aber oft auch tatsächliche Menschen darstellend, wie Nofretete und später in Rom die vielen Personen des öffentlichen Lebens, wir kennen sicher alle die Kaiserstatuen oder ihre Köpfe. Die Griechen perfektionierten vermutlich die realistische Darstellung, nachdem sie die eher puppenhaft aussehenden Kuroi hinter sich ließen. Und das setzte sich bis nach China fort – manche Theorien verbinden die Terrakotta-Armee mit griechischem Einfluss über Asien hinweg.

Je realistischer eine Statue ist, desto furchteinflößender, dachte ich – denn die Grenze zwischen künstlich und real verschwimmt. Nun denke man an riesige Kultstatuen. Die Römer führten, wenn ich mich recht erinnere, abnehmbare Köpfe ein, und der Anteil an Skulpturen realer Menschen nahm zu. Und dann, mit dem Christentum: wieder ein Wandel. Nur noch eine Statue – die von Jesus am Kreuz. Ein Kompromiss zwischen Nicht-Darstellung und Statuenorgie. Und dort ist das Furchteinflößende durch die Situation selber schon entschärft, denn der Dargestellte ist tot, oder so gut wie tot und würden wir den in echt so sehen, dann wäre es genauso erschreckend und somit ist das Statuensein an sich nichts, das hier dann nur unterbewusst erschreckend wirkt. Ich weiß nicht, ob ich das gut ausgedrückt habe. Maria und das Kind, ein krasser Gegensatz kommen auch vor, aber meist nicht als Statuen, doch z.B. auf Ikonen – und die gibt es heute noch in Griechenland. In gewisser Weise setzt sich die Geschichte der Statuen – von Menschenbildern – dort fort. Die christliche Kirche, wie der antike Tempel, blieb ein Ort der Skulptur. Nur letztlich wird eine Skultptur superdominant und leitet damit vielleicht eine neue Phase im menschlichen Experimentieren mit Statuen ein oder besser eine zuerst eher europäische. Dann ist viel passiert, zu viel darauf hier einzugehen, zu weit von Griechenland weg. Heute zeigen öffentliche Plätze politische und kulturell relevante Persönlichkeiten. Gibt es also, frage ich, nicht Phasen der Skulptur, die sich durch viel mehr als nur formale Eigenschaften unterscheiden – durch Funktion, Orte, Anzahlen, Nutzung?

Spielzeuge, sind eine weitere Art menschlicher und tierischer Darstellungen und eine, die über die Jahrtausende wahrscheinlich am konstantesten ist. Wie sind Spielzeuge, die ja eine unserer ersten Begegnungen mit menschenhaften Darstellungen sind, mit der Geschichte der großen Statuen verbunden? Wie waren sie es in der Antike. Sind auch die großen Statuen der Erwachsenen eine Art Spielzeug? Auch Spielzeuge haben sicher ihren Platz in dieser noch zu schreibenden Geschichte. Und es mag nicht mehr aufhören, noch etwas ist die Mumifizierung. Neben Mao und Lenin als modernen Beispielen, fallen mir aus der Geschichte Beispiele wie natürlich allen voran Ägypten, aber auch China und vor allem Süd-Amerika ein, wo z.B. bei den Inka die Mumien vergangener Herrscher einmal im Jahr herumgetragen wurden. Sie besassen weiterhin Dinge, hatten einen Sprecher und beeinflussten das Leben der Lebenden. Auch Mumien sind, vergleichbar mit Statuen, nicht lebendige menschlich aussehende Naturentitäten. Im Gegensatz zu Statuen waren sie aber einmal lebendig und es gibt und gab Menschen, die die Person, dessen Leiche mumifiziert wurde, in lebendigem Zustand kannten. Deren Geist muss durch das Betrachten der Mumie noch einmal anderen Effekten ausgesetzt sein, als die der Menschen, die die Person nicht kannten.

Aus evolutionstechnischer Sicht erscheint es logisch, dass wir Menschen alle möglichen Effekte ausprobieren möchten, die mit einem neuen Phänomen einhergehen, das wir erforschen, nicht als Individuen, sondern als Gesellschaften, auch als Supergesellschaften, als Menschheit. Und weil die Effekte von Mumien und von Skulpturen letztlich dasselbe Experiment mit der Überformung unserer eigenen Umwelt ist, muss man den Begriff oder den Skopus der kleinen Überlegung hier erweitern und nicht mehr nur von Skulptur sprechen, sondern von Menschen-Abbildern. Selbstverständlich gehören Reliefs und reine Bilder auch dazu, aber die schiere Größe des Phänomens erlaubt es mir nicht, noch glaubhaft auf wenigen Seiten, Gedanken zu formulieren. Wenn dann noch die Fotographie und später der Film hinzukommen, dann sprengt das den Rahmen dermaßen, dass jedem Sinn einer solchen Überlegung Hohn gesprochen wäre. Dennoch, die Geschichte menschenhafter Darstellungen ist, jedenfalls so, noch nicht geschrieben. Sie scheint zumindest eine Phase mit exzessiver Statuenproduktion und -verwendung gesehen zu haben und diese koinzidiert stark mit der europäisch-mittelöstlichen-nordafrikanischen Phase der Antike. Nach der Reise habe ich das Gefühl, dass dieser Aspekt in unserem Geschichtsunterricht, in unseren Dokumentationen zur Antike unterrepräsentiert ist, dass wir immernoch etwas über die Antike und ihre Menschen lernen können, etwas, das wir in den Museen in Griechenland, in anderen Teilen der Welt finden. Ich muss mehr über die Geschichte der Skulptur nachdenken und Bücher lesen. Fakten zusammentragen, eine Geschichte spinnen – aber keine oberflächliche. In gewisser Weise hat also eine neue intellektuelle Reise gerade erst begonnen. Die Reise nach Griechenland ist vorbei und doch hat sie gerade erst begonnen.

Literatur

Schmandt-Besserat, D. (1996). How writing came about. University of Texas Press.

www.ingramcontent.com/pod-product-compliance
Lightning Source LLC
LaVergne TN
LVHW041524190726
843491LV00009B/2908
* 9 7 8 3 8 1 9 2 7 9 0 1 0 *